D1141412

Feuilles

Collection animée par Suzanne Bukiet

Ecole Curé-Lequin
653, rue Préfontaine
Longueuil, Qué.
J4K 3V8

Ces livres de voyages et d'aventures conduisent
vers d'autres temps, d'autres lieux, à travers
l'imaginaire, l'art et la poésie.

Dans la même collection :

Les diables rient
Les babouches d'Abou Kassem
Alhambra la rouge
Les sept coqs de l'aube
Ondine et Poisson-Chat
Rencontres
Le conteur d'étoiles
N'Zebrun
Fouilles dans la vallée
Poisson-Chat à Venise
Aux sources de La Fontaine
La pierre de patience
Quérouak
Zoreillefines

© Syros-Alternatives : 6, rue Montmartre 75001 Paris, 1991
Achevé d'imprimer au 3e trimestre 1991
Imprimé en Espagne

n° éd. 733

Les petites lanternes

Textes et illustrations
de Adli Rizkallah

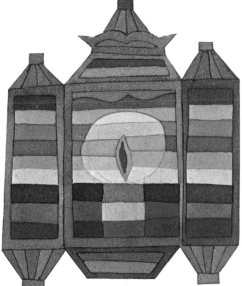

Conte d'Égypte

Ecole Curé-Lequin
653, rue Préfontaine
Longueuil, Qué.
J4K 3V8

Ecole Curé-Lequin

000 3596

BIBLIOTHÈQUE
MUNICIPALE
LONGUEUIL

Le mois de Ramadan, mois de jeûne et de prière dans
la religion islamique, est aussi un mois de paix où
l'on est tenu de se réconcilier avec ses adversaires et
de reconnaître ses torts auprès de ceux que l'on a
offensés. C'est enfin, un mois de fête et de partage.
En Égypte, la tradition, pour tous, veut que pendant
ce mois de Ramadan, les enfants, vêtus de robes aux
couleurs vives et portant des lanternes multicolores,
aillent de maison en maison, chanter devant les por-
tes une petite chanson rituelle. Alors, en échange,
chacun leur offre en souriant un petit cadeau :
un bonbon, un gâteau ou simplement,
pour les plus pauvres, un morceau de pain.
C'est cette tradition, spécifiquement égyptienne,
qui anime ce récit.

Un fin croissant doré vient d'apparaître dans le ciel d'Égypte. Il annonce le Ramadan, mois de jeûne, de fête et de paix. Comme à un signal, tous les enfants, avec des cris de joie, allument de petites lanternes et commencent à chanter :

8

Wahawi Ya Wahawi Iyaha, Chaaban est terminé.
Wahawi Iyaha, Ramadan est arrivé.
Wahawi Ya Wahawi.

Seule, une petite fille, Leïla, est triste.

Haut dans le ciel, autour de la Lanterne Magique, les trois Gardiens regardent la fête. Le Gardien Vert remarque la petite fille parmi la foule. Émus par sa tristesse, ils décident tous les trois de se poser sur terre.

— Petite, petite, pourquoi pleures-tu ? demande le
Gardien Bleu.

— Je n'ai pas de lanterne, mon père n'a pas pu m'en
acheter.

— La voici ta lanterne, Leïla, dit le Gardien Violet,
nous cherchions l'enfant qui la mériterait cette année.
— C'est une lanterne magique, elle prend ses plus
belles couleurs lorsque tous les enfants jouent avec
elle, ajoute le Gardien Bleu.

12

— Elle aime aussi voler comme un avion, comme un oiseau, et, surtout, elle aime partager, poursuit le Gardien Vert, chaque enfant doit pouvoir s'approprier l'une de ses couleurs.

Le lendemain soir, Leïla allume la bougie de sa
Lanterne.
Et, d'un seul coup, le monde se transforme : des
couleurs, encore des couleurs... un tourbillon de
lumières multicolores danse avec les enfants.

Une à une, chaque couleur émise par la Lanterne enveloppe un enfant dans un rayon magique : jaune, vert, orange, bleu, violet... Les enfants dansent et chantent en couleurs ! Leïla est heureuse et elle chante une chanson rouge en l'honneur du Ramadan.

Lorsqu'un enfant est fatigué de chanter et de danser,
il enfourche son rayon coloré qui s'envole pour le
déposer chez lui. Leïla est la dernière à rentrer, elle
s'endort en souriant de bonheur.
Négligeant leurs petites lanternes, les enfants ne
jouaient plus qu'avec Leïla et sa Lanterne !

Un jour qu'elle était seule, Leïla se dit :
— Quand je n'avais pas de lanterne, je n'avais pas
d'amis. Maintenant que j'ai la plus belle des
lanternes, tout le monde veut être mon ami.
Si personne n'est venu partager ma solitude,
pourquoi maintenant partagerais-je ma joie ?

Ce soir-là, quand les enfants arrivent, Leïla leur dit :
— Allez-vous-en jouer avec vos ridicules petites
lampes !
Et les enfants s'en vont tristement.
Alors, Leïla se tourne fièrement vers sa Lanterne.

Mais elle la trouve éteinte et c'est en vain qu'elle
tente de la rallumer.
— Je n'ai jamais vu une lanterne qui refuse de
s'allumer, se dit-elle avec inquiétude, il faut que je
demande conseil aux trois Gardiens.

— La réponse est au Grand Château, là-bas, dans la chambre des Bougies Allumées, lui dirent-ils, si tu le veux, nous allons t'y emmener.

Et la Lanterne s'envole avec à son bord les trois Gardiens et Leïla. On distingue, au loin, un grand château tout coloré.

La Lanterne Magique les dépose là où personne n'a jamais pénétré : dans un grand château entouré de petits gardiens de toutes les couleurs.
À chaque couleur son gardien, ils parlent en couleurs, dansent en couleurs, chantent en couleurs...

22

Leïla, très heureuse, bavarde un peu avec chaque
gardien, mais elle est pressée d'entrer dans le palais
pour trouver la bougie capable d'allumer sa Lanterne.

Dans la chambre des Bougies Allumées, Leïla
demande timidement :
— Puis-je en prendre une pour ma Lanterne ?
— Essaie, petite fille, répond le Gardien Vert.
Mais dès qu'elle touche à la première bougie, celle-ci
s'éteint et l'image d'un ami, l'air triste, apparaît.

24

— J'aimais les couleurs de la Lampe Magique, dit-il,
et tu ne m'as pas laissé jouer avec elle.
Étonnée, Leïla essaie une deuxième bougie, une
troisième...
Mais, à chaque fois, la flamme s'éteint, laissant place
à un nouveau visage désolé.

25

Alors Leïla baisse la tête :
— Je n'ai pas voulu faire de la peine, dit-elle, je n'avais pas compris...
À ces mots, les trois Gardiens répondent d'une même voix :
— Nous allons repartir maintenant, Leïla.

— Souviens-toi toujours, petite fille, de ton chagrin
lorsque tu n'avais pas de lanterne, dit le Gardien Vert.
— Rappelle-toi que c'est une belle et grande Lanterne,
qui partage ses couleurs entre tous les enfants, dit le
Gardien Violet.
— C'est vrai, vous me l'aviez dit, murmure Leïla.

Au soir de ce jour, Leïla appelle :
— Venez, venez tous, nous allons jouer tous ensemble
avec la Lanterne Magique.
Les enfants s'approchent, entourent la Lanterne
éteinte, commencent à danser et alors... quelle drôle
d'histoire ! la bougie, toute seule, se rallume...

28

La Lanterne, comme à son habitude, partage ses
couleurs entre tous les enfants... un enfant bleu, un
enfant rouge, un enfant jaune, un enfant mauve...
et commence une ronde folle. Quant à Leïla,
enveloppée d'un rayon vert, elle rit, elle chante, elle
danse vert, comme un petit arbre au printemps...

Ecole Curé-Lequin
653, rue Préfontaine
Longueuil, Qué.
J4K 3V8

BIBLIOTHÈQUE DE LONGUEUIL

3 2264 00239 0593

J